AF465741

LA JEUNESSE
DE
HENRI V,

COMÉDIE

EN TROIS ACTES ET EN PROSE;

PAR M. ALEXANDRE DUVAL.

REPRÉSENTÉE *sur le Théâtre-Français, le 9 juin 1806. Et à Saint-Cloud, devant Leurs Majestés Impériales et Royales, le 22 du même mois.*

SECONDE ÉDITION.

PRIX : 1 FRANC 50 CENT. (30 SOUS.)

PARIS,

VENTE, libraire, boulevard des Italiens, N°. 7, près la rue Favart.

1812.

A M. GAY,

RECEVEUR-GÉNÉRAL DU DÉPARTEMENT DE LA ROER.

MON AMI,

En te dédiant ma comédie de la *Jeunesse de Henri V*, je devrois, à l'exemple de mes confrères les auteurs, entrer dans de longs détails sur l'ouvrage ; te raconter comment l'idée m'en est venue ; exagérer les difficultés qu'offroit le sujet, etc., etc., et finir par faire ton éloge.... même le mien. Je devrois dire que tu es aussi bon époux que bon père, que bon ami ; que tu joins aux qualités d'un homme laborieux et intègre, d'un administrateur exact et instruit, celles de l'homme aimable et du connoisseur : mais tous ces éloges, si vrais pour ceux qui ont le bonheur de te connoître, n'en seroient pas plus intéressans pour la majorité des lecteurs. Le langage des amis est plus concis et non moins éloquent. Il me suffira de te dire : « Mon ami, voilà ma comédie ; le public l'a favorablement accueillie ; acceptes-en l'hommage : il te flattera d'autant plus que tu sauras bien ne le devoir qu'à notre vieille amitié. » — Et ce sera là toute ma dédicace.

ALEX. DUVAL.

PERSONNAGES.	*ACTEURS.*
HENRI, héritier présomptif de la couronne d'Angleterre.	MM. DAMAS.
ROCHESTER, favori du Prince.	FLEURY.
EDOUARD, page du Prince.	ARMAND.
COPP *, capitaine de corsaire, tenant une taverne.	MICHOT.
WILLIAM, valet de chambre du Prince.	VARENNE.
MILADY CLARA, favorite de la Princesse.	M.me TALMA.
BETTY, nièce de Copp.	M.lle MARS.

La scène est dans le palais du Prince et dans la Taverne de Copp.

* *N. B.* Ce personnage ayant une physionomie particulière, comme le Michau de la Partie de Chasse, n'appartient à aucun emploi exclusivement. Je laisse la distribution de ce rôle au Directeur ou aux Comédiens en société, qui seuls peuvent désigner l'acteur convenable.

LA JEUNESSE
DE
HENRI V.

ACTE Ier.

SCÈNE PREMIÈRE.

LADY CLARA, ROCHESTER.

LADY CLARA.

Oui, comte Rochester, la princesse vous accuse d'être un des principaux auteurs de la conduite irrégulière de son époux.

ROCHESTER.

Vous verrez que c'est moi qui empêche le prince d'être amoureux d'elle.

LADY CLARA.

Je ne dis pas cela ; mais votre esprit satyrique, qui tourne en ridicule tous les bons époux, vos bruyantes folies, vos vers malins ont fait de vous l'homme le plus dangereux...

ROCHESTER.

Dangereux ! ah ! milady, vous allez me donner de l'amour-propre.

LADY CLARA.

Je m'entends, dangereux pour la société.

ROCHESTER.

Eh quoi ! parce que Henri me fait l'honneur de m'admettre dans ses plaisirs, vous me croyez le complice de ses étourderies ? Il seroit plaisant qu'auprès de son altesse je m'avisasse de faire le Caton. Je laisse cet emploi aux vieux hiboux de la cour, qui ne pouvant partager nos amusemens, s'avisent de les censurer. Que la princesse Catherine se plaigne de notre conduite, c'est une chose toute naturelle ; on sait bien qu'une femme négligée doit trouver des torts à son époux. Mais vous, amie de la princesse, autant que je suis chéri de Henri, vous avez une trop grande connoissance du monde pour ne pas m'approuver. Notre rôle est à-peu-près le même, c'est celui de la complaisance. Etes-vous disposée à rire, vous pleurez avec votre maîtresse. Suis-je livré à la mélancolie, avec le prince, je ris comme un fou ; et à nos yeux, comme aux yeux du monde entier, nous aurons toujours raison tant que nous aurons l'adresse de conserver les bonnes grâces de nos futurs souverains.

LADY CLARA.

Avec cette différence, que la princesse, sensible et vertueuse, est estimée de tous les hommes sages, et que....

ROCHESTER.

Avec cette différence, que Henri, aimable et généreux, est recherché de tous les fous ; et vous ne nous disputerez pas l'avantage de la majorité. Mais laissons cela ; parlons de nous, de nos projets, belle milady.

LADY CLARA, *riant.*

Comment! vous avez encore des projets sur moi?

ROCHESTER.

Sans doute ; notre rang est à-peu-près le même, nos fortunes sont égales, nous sommes tous les deux en faveur ; et à cela près de l'ardent amour que nous avons l'un pour l'autre, c'est un vrai mariage de cour.

LADY CLARA.

Comment croire à votre grande passion ? quelle preuve m'avez-vous jamais donnée ?...

ROCHESTER.

Comment ! quelle preuve ! mais songez donc qu'au milieu de la cour la plus galante, malgré la réputation que vous avez d'une vertu.... épouvantable.... j'ai toujours dit du bien de vous.

LADY CLARA.

Comment ! vous avez dit du bien de moi ?

ROCHESTER.

J'ai plus fait encore. Vous connoissez la jolie duchesse, cette petite folle sentimentale....

LADY CLARA.

Eh bien ! que lui est-il arrivé ?

ROCHESTER.

Elle est inconsolable, j'ai rompu !

LADY CLARA.

Oh ! pour cela, je n'en crois rien.

ROCHESTER.

Foi d'homme d'honneur ! j'ai fait finir cette intrigue secrète ; tout le monde vous le dira.

LADY CLARA.

Ah ! je vois maintenant que vous ne plaisantez pas. Quoi ! vous consentiriez à porter le joug pénible du mariage ? mais qui peut vous déterminer à un parti si violent ?

ROCHESTER.

La nécessité. Songez que je suis devenu, par la mort de mon frère, le dernier comte de Rochester.

LADY CLARA.

J'ai cru jusqu'à présent que vous aviez un neveu.

ROCHESTER.

Non, pas à ma connoissance. Je dois pourtant avoir quelques parens. Une sœur que je n'ai jamais connue, fit, dit-on, je ne sais quel sot mariage. Elle suivit son époux dans l'Inde, où tous les deux ont perdu la vie. Mon frère, alors chef de la famille, très-entêté de sa noblesse, ne voulut pas reconnoître le seul fruit d'un hymen, qu'il appeloit une mésalliance. Il mourut à son tour : en héritant de ses biens et de ses titres, je cherchai vainement cet orphelin, ou plutôt cette orpheline, car il s'agissoit d'une petite fille.

LADY CLARA.

C'est un grand malheur pour elle! Je suis certaine que vous seriez enchanté d'avoir auprès de vous cette jeune nièce.

ROCHESTER.

N'en doutez pas, sur-tout si elle est jolie. Mais revenons à notre hymen; parlons du contrat de mariage.

LADY CLARA.

Allons, mon cher comte, vous êtes fou; cependant faisons un arrangement. Si par l'ascendant que votre esprit vous donne sur le prince, vous parvenez à le dégoûter de ses courses nocturnes, de ses travestissemens; si vous le ramenez enfin à la raison et à son épouse, je vous promets....

ROCHESTER.

Y pensez-vous? milady; moi, réformateur! que diroient les courtisans? dois-je risquer ma grande réputation?...

LADY CLARA.

Je vous connois, milord; rien ne vous est impossible. Vous êtes l'ami de Henri, de plus homme de lettres; vous êtes le seul qui possédiez cet art, ou plutôt ce don de dire des vérités, et des vérités fortes, tout en badinant.

ROCHESTER.

Votre grâce oublie encore un genre de mérite.

LADY CLARA.

Lequel?

ROCHESTER.

Celui de me faire exiler régulièrement deux ou trois fois par an.

LADY CLARA.

Et si la femme que vous prétendez aimer, s'offroit à partager cet exil....

ROCHESTER.

Ah! je suis un homme perdu, vous attaquez mon cœur.

LADY CLARA, *en soupirant.*

Ah! comte, si ce cœur pouvoit valoir votre tête. Eh bien! consentez-vous?....

ROCHESTER.

Vous le voulez. Quel que soit le danger, je me sacrifie, je veux tenter de corriger Henri, je veux le dégoûter de ces aventures romanesques, de ces déguisemens;.... mais souvenez-vous, madame, de ma récompense.

LADY CLARA.

Vous pouvez tout espérer. Adieu, mon cher lord; je commence à croire à votre passion, puisque vous me sacrifiez.....

ROCHESTER.

Tout au monde, la faveur du prince. Qu'on dise encore que je ne sais pas aimer!

(*Lady Clara sort.*)

SCÈNE II.

ROCHESTER, *seul.*

Je crains de m'être trop engagé. Ramener un jeune prince à la raison, un époux à sa femme..... la tâche est vraiment pénible. Henri aime trop à courir les aventures pour espérer..... Il est vrai qu'il n'en a jamais eu que d'agréables. S'il se trouvoit dans une situation embarrassante.... C'est un moyen, j'y songerai. C'est une action toute morale que je vais faire; eh bien! elle me coûtera ma faveur et mes pensions. La singulière chose que ce monde! Toute ma vie je n'ai fait que des folies, et j'ai eu la réputation d'un homme charmant; qu'une seule fois je sois raisonnable, et je vais passer pour un extravagant. Il n'importe, allons au but; c'est à l'amour à me dédommager des folies que me fait faire la raison.

SCÈNE III.

EDOUARD, ROCHESTER.

ROCHESTER.

AH ! voici mon jeune protégé ; comme il a l'air pensif ! eh bien, qu'avez-vous donc, Edouard ?

EDOUARD, *soupirant.*

Je n'ai rien, Monsieur le comte.

ROCHESTER.

Bon dieu, quel soupir ! pour un page, vous avez l'air bien mélancolique ! Seriez-vous amoureux, par hasard ?

EDOUARD.

Voilà mon secret. N'est-ce pas une chose désolante. Moi qui me piquois d'être insensible, moi qui vous avois pris pour modèle, et qui, grâces à quelques aventures brillantes, étois déja cité comme le plus fou et le plus indiscret des jeunes gens, ne voilà-t-il pas que je m'avise d'être amoureux tout de bon.

ROCHESTER.

Comment ! il est possible que vous vous dérangiez à ce point....

EDOUARD.

Si vous n'avez pitié de moi, je suis déshonoré dans le monde ; je vais devenir le jeune homme le plus raisonnable et l'amant le plus fidèle.....

ROCHESTER.

Et le plus ennuyeux. C'est une véritable épidémie ! un prince trop volage, un page sentimental, et moi trop sensé, nous tiendrions bien tous les trois notre place à Bedlam ! * Allons, parlez-moi franchement, quel est l'objet de votre flamme ?

* Maison de fous.

EDOUARD, *embarrassé.*

Monsieur le comte....

ROCHESTER.

Est-ce une fille d'honneur de la princesse?

EDOUARD.

Non, monsieur le comte.

ROCHESTER.

Quelque riche comtesse.... peut-être?

EDOUARD.

Oh! certainement non.

ROCHESTER.

Est-ce que vous ne sauriez pas le nom de votre belle, par hasard?

EDOUARD.

Pardonnez-moi, elle s'appelle Betty.

ROCHESTER.

Betty, peste, le nom est noble! Et quels sont les lieux enchanteurs que cet objet merveilleux embellit de sa présence?

EDOUARD.

Elle habite la ta.... Monsieur le comte, promettez-moi de ne pas rire à mes dépens.

ROCHESTER.

Allons, mon cher, je vois que vous êtes bien amoureux; car vous êtes bien ridicule. Mais finissons pourtant; votre belle demeure-t-elle en ce palais?

EDOUARD.

Non, milord, elle habite la taverne du Grand-Amiral, dans le faubourg de Soutwark.

ROCHESTER.

La taverne du Grand-Amiral. Ah, ah! la bonne folie!

EDOUARD.

Mais qu'y a-t-il d'extraordinaire à cela? Son oncle en est le maître.

ROCHESTER.

Quelque fripon, sans doute, qui gouverne cette maison respectable?

EDOUARD.

Quelle calomnie! c'est un parfait honnête homme, un ancien corsaire.

ROCHESTER.

Et vous osez paroître dans une maison, peut-être suspecte, avec les couleurs du prince!

EDOUARD.

Je m'en suis bien gardé. Vous savez que je suis très-bon musicien, et que je parle bien la langue italienne?

ROCHESTER.

Eh bien!

EDOUARD.

Eh bien! je me suis introduit dans la maison comme maître de musique.

ROCHESTER.

Ah! monsieur se déguise, cela gagne tout le monde à la cour; et vous êtes le signor.....

EDOUARD, *baragouinant.*

Georgini, pour vous servir, monsou le comte, si j'en étois capable.

ROCHESTER.

Comment donc! mais votre aventure est un roman tout entier, et je gage que votre héroïne, cette petite fille d'auberge, est quelque jeune princesse enlevée par des pirates.

EDOUARD.

Vous plaisantez toujours: eh bien, moi, monsieur le comte, j'en ai eu quelquefois l'idée. Elle n'est certainement pas ce qu'elle paroît, et je suis sûr.....

ROCHESTER.

Taisez-vous, enfant. Mais j'entends le prince qui revient de la promenade, rendez-vous où votre devoir vous appelle, nous parlerons une autre fois de vos nobles amours.

(*Le page sort.*)

SCÈNE IV.

ROCHESTER, *seul.*

PAUVRE jeune homme! il est la dupe de quelqu'intrigante; je saurai l'empêcher de faire une sottise. Il faut que je voie cette jeune personne...... ce soir même. Eh! mais qui m'empêcheroit..... Oui, cette idée me sourit. Je puis tout à-la-fois, en parlant au valet-de-chambre du prince, donner une leçon à Henri et me moquer du page.

SCÈNE V.

HENRI, ROCHESTER.

HENRI.

AH! bon jour, cher comte: eh bien! que faisons-nous ce soir? As-tu inventé quelque folie?....

ROCHESTER.

Je faisois, au contraire, les plus sérieuses réflexions sur ma vie passée. Je vieillis, il est tems que je me jette dans la réforme.

HENRI.

Voyez le bon apôtre! Tu me fais rire, mon cher Rochester, quand tu prends ton petit air Caton; mais tu as beau faire, tu ne tromperas personne, et l'on ne croira point à ta conversion.

ROCHESTER.

Elle est pourtant réelle; et pour le prouver aux incrédules, je vais me marier.

HENRI.

Ah!.... et tu nous donnes cela pour une preuve de sagesse?

ROCHESTER.

Si c'est une folie, au moins l'usage m'excuse. Milady Clara.....

HENRI.

Consent à t'épouser? Une femme aussi estimable, aussi respectable? Il n'y a que ces mauvais sujets pour triompher de ces grandes vertus.....

ROCHESTER.

Le ciel nous les ayant refusées,.... il est naturel que nous les trouvions dans les autres.

HENRI.

Si tu te maries, je me charge de ton épithalame en vers burlesques.

ROCHESTER.

Votre altesse peut commencer, tout est arrangé. Aussitôt marié, je quitte la cour et ses plaisirs mondains, et je me retire avec madame la comtesse dans mon vieux château de Rochester, aussitôt que j'en aurai reçu la permission de mes créanciers.

HENRI.

Comment! il est encore hypothéqué?

ROCHESTER.

Pas tout-à-fait; mais l'amour des vers qui détache de toutes les choses terrestres, m'a engagé à confier l'administration de mes biens à d'honnêtes gens qui m'ont jadis avancé de l'argent.

HENRI.

Vous verrez que c'est moi qui serai obligé de payer tous ces usuriers.

ROCHESTER.

En vérité, mon prince, ces coquins vous connoissent encore mieux que moi; car ils m'ont assuré qu'aussitôt le mariage fait, je rentrerois dans toutes mes possessions.

HENRI.

Nous arrangerons tout cela. Parlons de notre soirée : décidément, où la passerons-nous ?

ROCHESTER.

Mais son altesse oublie-t-elle donc que la princesse lui donne ce soir même une fête ?

HENRI.

Ah! bon dieu ! tu m'y fais songer.

ROCHESTER.

Vous y verrez toutes nos belles lady.

HENRI.

Oui, de part Saint-Georges! toutes les ladys y seront, et l'ennui avec elles. Mais conçois-tu, cher comte, quelle gêne je vais éprouver, moi qui suis ennemi de toute étiquette, et qui cherche la distraction par-tout où elle se trouve. La vie privée me console seule de la vie publique.

ROCHESTER.

Ah ! vous êtes bien justifié à mes yeux ; mais la princesse votre épouse. . . .

HENRI.

Excellente femme! que j'honore. . . .que je respecte... mais elle a une vertu !... ah !....

ROCHESTER.

Savez-vous bien qu'elle m'en veut beaucoup ? Elle m'accuse de partager vos dissipations.

HENRI.

C'est une calomnie, tu les encourages.

ROCHESTER.

Ah! quelle idée ! Vous que j'avois choisi pour être mon défenseur... Je suis un homme perdu...

HENRI.

De réputation.

ROCHESTER.

Ah ! vous m'accablez à un point....

HENRI.

Comment, comte, vous rougissez pour une plaisanterie, Ah! ah! ah ! connois-tu donc encore les moyens d'être modeste ?

ROCHESTER.

Mais votre erreur sur mon compte....

HENRI.

Allons, mon cher Rochester, entre nous soit dit, tu sais bien que tu es le plus mauvais sujet des trois royaumes.

ROCHESTER, *faisant une grande révérence.*

Ah! votre altesse s'oublie.

HENRI.

Comment l'entends-tu, malicieux personnage ? Enfin, n'est-ce pas toi qui fais crier la cour après moi? Mérité-je ses reproches, pour courir quelquefois les assemblées publiques, la nuit déguisé ? Et d'ailleurs, quel est le résultat de mes courses nocturnes ? quelques découvertes utiles, quelques malheureux secourus....

ROCHESTER.

Quelques veuves consolées. . . . Quelques orphelins. . . . ?

HENRI.

Ah ! tu médis, traître ! au reste, si j'ai reçu des leçons d'inconstance, n'est-ce pas de toi seul ?

ROCHESTER.

J'en conviens. L'inconstance écarte mieux l'ennui que ne le fait le superbe revenu des grandes passions. Folie, sagesse ne sont qu'un même mot ; l'erreur est d'être malheureux ; pouvons-nous jamais être plus inconstans que le plaisir ?

HENRI, *sérieusement.*

Tais-toi, pervers. Laissons cela ; il est décidé que nous

passerons chez la princesse la soirée la plus assommante.... Ce qui me console un peu, c'est que tu seras de moitié dans l'ennui que je vais éprouver.

ROCHESTER.

J'en demande pardon à son altesse ; mais je ne puis l'accompagner ce soir, des affaires très-graves....

HENRI.

Ah ! très-graves, comte ! Et ne puis-je savoir quelles sont ces affaires si intéressantes ?... Quelques amourettes sans doute ?.....

ROCHESTER.

Non, comme je vous l'ai dit, la chose est grave, il s'agit d'une passion.

HENRI.

D'une passion ! tu m'effrayes ! et tu en es le héros ?

ROCHESTER.

Dieu m'en garde ! c'est bien assez d'en être le confident. Au reste, on dit que la jeune fille qui l'inspire est belle comme un ange, vertueuse, des talens...

HENRI.

Belle comme un ange ! Et cette merveille habite...

ROCHESTER.

La taverne du Grand-Amiral, dans le Soutwark. Je veux connoître, par moi-même, si cette beauté mérite sa réputation.

HENRI.

Et moi aussi, je veux la voir ce soir même, et tous deux déguisés....

ROCHESTER.

Vous n'y pensez pas, mais que dira la princesse ?

HENRI.

Elle dira.... ce qu'elle dit tous les jours, que je suis un fou.

ROCHESTER.

Mais si le roi apprend que son fils.... sa sévérité....

HENRI.

Il est vrai, j'ai tout à craindre. ... mais nous prendrons si bien nos précautions, qu'il n'en saura rien.

ROCHESTER.

Et là, si vous rencontrez encore quelque maire audacieux qui vous envoie en prison ?

HENRI.

Eh bien ! je ferai ce que j'ai fait.... j'obéirai aux lois, je m'y rendrai.

ROCHESTER.

J'espère que vous n'avez point oublié la hardiesse de ce sévère magistrat ?....

HENRI.

Je l'ai si peu oubliée, que, devenu souverain, je veux qu'il ait toute sa vie.....

ROCHESTER.

Quoi donc ?

HENRI.

La première place de l'état.

ROCHESTER.

Si votre altesse traite ainsi ses ennemis, que fera-t-elle pour ses favoris ?

HENRI.

Mais peut-être pas grand chose. Les favoris d'un prince aussi fou que moi, ne doivent pas être les amis d'un roi. Mais ne parlons plus de tout cela ; avec toi, je ne dois songer qu'à des extravagances ; rendons-nous ce soir dans cette maison.....

ROCHESTER.

Je ne la connois point, et....

HENRI.

Eh bien ! le moyen de la connoître est de s'y rendre.

ROCHESTER.

Il peut nous arriver quelque aventure désagréable.

HENRI.

Bon, je n'ai qu'à me louer de toutes celles qui me sont arrivées. Si tu savois comme il est doux le plaisir de l'*incognito !* J'aime, à l'abri d'un habit simple, à pénétrer dans les familles, à lire dans les cœurs, à connoître les besoins de cette classe estimable et laborieuse du peuple. Je dirai même, que dans ces temps de trouble, ces épreuves sont nécessaires. Je dois régner un jour, et cette connoissance des hommes est utile aux souverains. L'espoir que l'on fonde sur moi, les louanges que l'on me donne, tout m'encourage à bien faire.

ROCHESTER, *d'un grand sérieux.*

Oh! sans doute, le peuple gagne beaucoup à nos étourderies ! Mais si, contre l'ordinaire, au lieu d'une aventure agréable, nous allions ce soir. . . .

HENRI.

Non, non, tout ira bién. . .

ROCHESTER.

Mais enfin, si la princesse apprend encore que cette nuit. . . .

HENRI.

Bon, la princesse ! . . . Je crains bien plus le roi. Songeons à notre travestissement. Holà ! William ! quelqu'un ! (*un Page entre.*) Qu'on appelle William ! Ce garçon est d'une adresse ! . . . il nous aura bientôt trouvé tout ce qu'il faut.

ROCHESTER, *à part.*

Je lui dirai deux mots.

HENRI.

Peut-être va-t-on encore me parler de mes vers ; tu sais qu'on les trouve bons.

ROCHESTER, *en souriant.*

Oui, et les éloges que l'on donne au poëte chatouillent plus votre cœur que ceux que l'on adresse à l'héritier présomptif de la Grande Bretagne.

HENRI.

Ce maudit homme a l'art de deviner tout ce qui se passe dans l'ame.

SCENE VI.

LES PRÉCÉDENS, WILLIAM.

HENRI, *à William.*

AH! William! ce soir, à neuf heures, une voiture de place dans la petite cour du palais, deux habits bleus de matelots, boutons jaunes, ceintures rouges et chapeaux ronds.

WILLIAM.

Quoi! son altesse veut encore....

HENRI.

Le plus grand secret. Sur-tout, beaucoup d'or dans ma bourse. (*à part.*) Il peut se rencontrer de ces infortunés....

ROCHESTER, *à William.*

Je vous parlerai, William (*à part.*) Je le tiens.

HENRI.

Silence! milady Clara vient à nous.

SCENE VII.

LES PRÉCÉDENS, LADY CLARA.

LADY CLARA.

LA princesse m'envoie prévenir son altesse qu'elle l'attend à la fête.....

HENRI.

Impossible, chère lady. Je reçois à l'instant un courier..., et les affaires les plus grandes, les plus sérieuses....... (*bas à Rochester.*) Tire-moi donc de-là.

ROCHESTER.

Quels que soient vos regrets, mon prince, le bien de l'état doit passer avant tout. (*bas à milady.*) Nous soupons ce soir à la taverne du Grand-Amiral.

HENRI.

Il faut absolument que j'écrive en France, à l'instant même...... à Monsieur; on exige de moi une réponse positive.....

ROCHESTER.

Il s'agit peut-être du sort d'une province; (*bas à lady*) du sort d'une jeune beauté.

HENRI.

Rochester m'aidera. Dans ce genre d'affaires, j'ai toujours besoin de ses conseils. (*bas à William.*) De l'argent, du secret et de l'exactitude. Va-t-en. (*Haut.*) Je vous salue, belle milady; vous excuserez si je vous quitte; mes secrétaires sont là, le travail est préparé, on n'attend plus que moi. Rochester, vous me suivrez.

(*Il sort.*)

ROCHESTER.

Je suis à vous, mon prince, (*vivement à lady Clara.*) Ce soir même la leçon, demain ma disgrâce; avant huit jours notre mariage, ou je cesse de croire à la vertu des femmes.

(*Il sort.*)

SCENE VIII.

LADY CLARA, *seule.*

Quel homme que ce Rochester! Je lui pardonne d'avance toutes ses folies, s'il peut corriger le prince..... Mais s'il alloit être la victime de son zèle!..... Oh! non, Henri est bon, généreux, sensible; et sans sa légèreté..... Le comte a trop d'esprit pour se compromettre de manière...... Ah! bon dieu! et je ne songe pas que ma main doit être la récompense de son entreprise. Quelle imprudence! Serois-je donc assez folle pour consentir à cet hymen; et par intérêt pour la princesse, pour me sacrifier..... me sacrifier! Il est bien aimable! D'ailleurs, ne puis-je pas le ramener à la vertu?.... Ah! si j'y parvenois, quelle gloire pour moi!... Allons confier à la princesse mon embarras et mes incertitudes, et qu'elle apprenne surtout quelle est l'affaire importante qui doit encore ce soir occuper son époux.

FIN DU PREMIER ACTE.

ACTE II.

Le théâtre représente une chambre dans la taverne du Grand-Amiral.

SCÈNE PREMIÈRE.

COPP, BETTY.

COPP.

Quels gaillards que ces deux matelots qui me sont arrivés ce soir! Ils boivent!... Ah! tout vieux capitaine de corsaire que je suis, si je n'avois pas prudemment viré de bord, ils m'auroient fait faire capot.

BETTY.

Comment! ils ne sont pas encore partis? J'aurois bien voulu les voir.

COPP.

Non, non!, tu sais bien que je ne veux pas que tu paroisses dans les salles que j'ai destinées au public.

BETTY.

Et ils font donc bien du bruit?

COPP.

On ne s'entend pas. Le plus jeune sur-tout, c'est un diable. Allons, capitaine Copp, s'écrie-t-il à chaque instant, faites-nous apporter du meilleur claret, ce sont des frères que je régale. Tu dieu! à ce prix-là, il aura des parens tant qu'il voudra; on est toujours de la famille de celui qui paye.

BETTY.

Et vous ne les connoissez pas? vous savez au moins à quels vaisseaux ils appartiennent?

COPP.

Dieu me damne ! si j'ai jamais vu leurs figures. Au reste, que m'importe ? ce sont de bonnes gens, car ils ont chanté de bon cœur la chanson nationale.

BETTY.

Oui, et la chanson finit toujours par porter des santés. Il faut que ces matelots soient bien riches pour faire une telle dépense.

COPP.

Bon ! c'est ainsi que sont tous les bons marins. A leur âge j'étois aussi fou. Une bonne prise, et j'aurois prié à déjeûner toute une flotte.

BETTY.

Vous êtes si généreux ! mon cher oncle.

COPP.

Je ne le serai jamais assez pour toi, ma petite Betty. Tu es bien sans contredit la meilleure fille de l'Angleterre ; aussi je t'aime.... comme j'aimois mon pauvre frère. C'est que tu lui ressembles... Ah ! oui, oui, voilà ses yeux.... le tour de son visage.... (*soupirant.*) Pauvre Philippe ! Eh bien ! est-ce que je vais encore... comme l'autre soir ?... Non, non, il vaut mieux que je te quitte, parce que, vois-tu bien, la sensibilité, ... cela me fait mal à moi. Parlons d'autre chose. Et ton Georgini ? est-ce qu'il n'est pas venu te donner ta leçon de chant ?

BETTY.

Voilà trois jours au moins que je ne l'ai vu; voilà trois jours aussi que je ne chante plus.

COPP.

Est-ce que tu ne peux chanter qu'avec lui?

BETTY.

Mais ce n'est qu'avec lui que je chante bien.

COPP.

C'est singulier ! il est gentil au moins ton maître, avec sa petite mine doucette et son baragouin. Je ne puis pas m'empêcher de rire quand il me dit : Monsou Copp, je souis véritablement enchanté de la petite ; perché? pourquoi.

DES VOIX EN DEHORS.

Holà ! eh ! garçon ! du punch ; holà ! eh !

COPP.

Tiens, les entends-tu ces enragés ? Je les réjoins un instant ; ils font vraiment trop de dépense, je n'aime pas qu'on se ruine chez moi. Adieu, ma petite Betty.

(*Il sort.*)

SCÈNE II.

BETTY, *seule.*

Le respectable oncle ! de jour en jour il m'aime davantage. Ah ! monsieur Georgini, c'est bien mal à vous de n'être pas venu ; vous êtes cause que j'ai été de mauvaise humeur toute la journée. C'est singulier, quand on voit quelquefois des personnes qui font plaisir, on voudroit les voir toujours. Si vous ne voulez plus venir me donner leçon, il faut me le dire : je prendrai un autre maître.... Il est vrai qu'il n'y en a pas deux comme lui à Londres. Mais j'entends du bruit à la petite porte. Le cœur me bat. Eh bien ! je parie que c'est Georgini ; moi, j'ai le talent de reconnoître les personnes sans les voir.

SCÈNE III.

GEORGINI, BETTY.

BETTY.

Ah ! vous voilà pourtant, monsieur ! Je ne comptois plus sur vous, je vous l'assure.

GEORGINI, *contrefaisant l'italien.*

Pardon, mademoiselle, si ne je souis pas venu ces jours derniers, j'ai souffert beaucoup. . . .

BETTY.

Comment ! vous avez été malade ?

GEORGINI, *souriant.*

Oui, très-malade.... du chagrin de ne pas vous voir.

BETTY.

Moi, je n'ai point été malade; mais j'ai été bien en colère contre vous. Fi! monsieur, c'est indigne d'abandonner ainsi ses écolières; on ne leur donne pas d'envie d'apprendre pour les laisser là; moi, je ne veux pas être une ignorante, je vous en avertis.

GEORGINI.

Je souis piou contrarié que vous du fâcheux contre-tems.....

BETTY.

Je parie que vous ne m'avez pas seulement apporté cet air que vous m'aviez promis?...

GEORGINI.

Pardonnez-moi, mademoiselle, le voici. Nous le chanterons ce soir, si vous voulez bien.

BETTY.

Oui, mais pendant que je chanterai, ne me regardez pas comme vous faites toujours; cela m'embarrasse, et puis je ne sais plus ce que je dis.

GEORGINI.

Vous me craignez donc beaucoup?

BETTY.

Oh! oui, je crains beaucoup de ne pas vous plaire.

GEORGINI, *à part.*

Aimable innocence! mon amour saura te respecter.

SCÈNE IV.

LES PRÉCÉDENS, COPP.

COPP.

Ah! te voilà pourtant, signor Georgini: Betty demande

toujours après toi; ce n'est pas bien de faire languir ainsi ses écolières.

GEORGINI.

Je souis désespéré de n'être pas venou pioutôt; mais c'est que perché....

COPP.

Perché! tu es un imbécille de ne pas venir voir les gens qui t'aiment.

BETTY.

Eh bien! mon oncle, vous avez toujours votre monde?....

COPP.

Ah! ne m'en parle pas, ce sont des diables; j'ai voulu les renvoyer; pas possible.

GEORGINI.

Vous avez beaucoup de monde, monsou, je vais me retirer....

COPP.

Non, monsou, vous resterez à prendre le thé avec nous.

BETTY.

Et vous m'aiderez à le préparer, si cela ne vous déplaît pas trop, monsou.

COPP.

Oui, mais nous y joindrons quelques fruits et du Madère sec. Ces deux originaux qui mettent toute ma maison en désordre, vont être des nôtres. Ils ont demandé à trinquer en petit comité avec un brave homme comme moi; et tu sais bien que par état je ne puis pas refuser de trinquer avec personne.

BETTY.

Comment! vous allez recevoir ici ces deux étourdis?

COPP.

Oh! ne crains rien, ils sont très-polis et très-aimables. Ils ont dit que nous ferions nos comptes à table. Je n'ai pas cru devoir leur refuser ce plaisir, d'autant plus que je profiterai de ce moment pour renvoyer les autres buveurs. Tiens, voilà déja l'un d'eux qui nous arrive. Viens m'aider, Betty, à faire préparer la collation. Toi, Georgini, reçois notre compagnie.

SCÈNE V.

GEORGINI, *seul.*

Allons, de page que je suis à la cour, me voilà maître de cérémonie dans une taverne. Je monte en grade ! Mais, bon dieu ! que vois-je sous cet habit grossier ? c'est le comte Rochester.... Quel motif l'amène ici ?

SCÈNE VI.

ROCHESTER, GEORGINI.

ROCHESTER, *à part.*

Les cris de ces bonnes gens commencent à m'étourdir (*apercevant Edouard*). Eh! dieu me damne, c'est Edouard.

GEORGINI.

C'est lui-même (*baragouinant*), c'est sans doute pour m'obliger que monsou le comte Rochester....

ROCHESTER, *vivement.*

Tais-toi donc, traître ! Je ne suis point comte ici.

GEORGINI.

Mais votre grâce me dira du moins.....

ROCHESTER.

Paix ! je me nomme Trim, et le prince se nomme Jacques.

GEORGINI.

Le prince est avec vous ! ah ! sans doute, épris de Betty... Je suis perdu !

ROCHESTER.

Rassurez-vous, signor Georgini, des motifs innocens nous amènent....

GEORGINI.

Henri et le comte de Rochester qui viennent visiter une jeune beauté avec des motifs innocens ! .... on ne le croira jamais !

ROCHESTER.

La plus grande preuve que je n'ai pas le dessein de vous nuire, c'est que je vous permets de rester avec nous (*à part*). Il peut servir à mes projets (*haut*). Mais sur-tout, prenez bien garde à nous faire connoître.

GEORGINI.

Mais, monsieur le comte, vous n'y pensez pas. Quoiqu'il y ait à peine un mois que je suis entré dans les pages, il se peut que le prince retrouve dans mes traits....

ROCHESTER.

Bon ! il ne vous a peut-être pas vu trois fois. Votre déguisement, votre accent italien....... Et puis, il est si loin de vous soupçonner ici ! Son esprit n'admettant pas la possibilité d'une pareille rencontre, rejettera sur le hasard cette ressemblance entre Edouard et Georgini. Mais souvenez-vous bien, jeune homme, que ceci n'est point une plaisanterie, qu'il est dangereux de faire rougir les grands, et que s'il arrivoit la plus petite indiscrétion.....

GEORGINI.

Ah! j'ai trop d'intérêt moi-même à garder mon secret......

ROCHESTER.

Ce n'est pas tout, dans quelque situation que se trouve votre maître, quelque chagrin qu'il éprouve, je vous defends de l'aider en aucune façon, ne voyez en lui que le matelot Jacques.

GEORGINI.

J'ignore quels sont vos desseins; mais cependant si le prince se trouvoit dans une situation...

ROCHESTER.

Il s'agit d'une plaisanterie, de quelques instans d'inquiétudes, tout au plus. Edouard, je vois avec plaisir votre sollicitude pour votre maître; mais rassurez-vous, j'ai prévu tous les événemens, et je veillerai moi-même à sa sureté, Je ne vous dis plus qu'un mot, je ne fais que céder aux ordres de la princesse.

GEORGINI.

Cette dernière raison me décide; je vous obéirai, monsieur le comte.

ROCHESTER.

Le prince vient à nous, silence! et reprenons chacun notre rôle.

SCÈNE VII.

LES PRÉCÉDENS, HENRI.

HENRI.

Eh bien! camarade Trim, verrons-nous bientôt cette merveilleuse beauté qui tourne la tête à tout le monde?

GEORGINI, *à part.*

Voilà le motif innocent!

ROCHESTER.

Paix, frère Jacques! (*montrant Edouard*) voilà l'un de ses adorateurs, c'est un jeune Italien, son maître de chant.

EDOUARD, *s'avançant.*

Oui, monsou, c'est moi qui lui enseigne la mousique....

HENRI, *le contrefaisant.*

Ah! vous lui enseignez la mousique! (*il le regarde avec étonnement.*) Dieu me damne! si je ne crois pas voir ce page que tu m'as donné depuis peu de temps. Il y a entre eux une telle ressemblance...

EDOUARD, *à part.*

Ma figure fait son effet.

ROCHESTER.

Moi, je ne trouve pas. D'abord il est bien plus grand qu'Edouard ....., et puis ce n'est plus la même figure.

HENRI.

Oh! non! non pas tout-à-fait, mais enfin il y a quelque chose.

ROCHESTER, *bas.*

Eh bien ! mon prince, êtes-vous content de votre soirée?

HENRI.

Enchanté, mon ami. A propos, tu me feras songer à ce vieil officier; il a vraiment l'air d'un brave homme.

ROCHESTER, *à part.*

Ce brave homme est le plus adroit coquin....

HENRI.

Quand je lui ai dit que je pouvois lui être utile, avec quelle reconnoissance il m'a pressé dans ses bras !...

ROCHESTER, *à part.*

Il lui a volé sa bourse avec une adresse...

HENRI.

Ne se plaint-il pas d'avoir été injustement réformé ? Je veux qu'on me présente cette affaire dès demain, tu m'y feras songer.

ROCHESTER.

J'ai son nom sur mes tablettes. Mais votre altesse ne doit pas croire à tous les beaux discours de ces hommes.....

HENRI.

J'y croirai toujours, lorsque je pourrai les entendre sans être connu d'eux. Ce n'est que pour nous autres grands de la terre qu'on se donne la peine de prendre un masque. Celui qui se plaint au milieu de ses égaux, et parmi les cris de la joie, doit être vraiment malheureux. Ah ! que ne puis-je voir ainsi réunis tous les membres qui doivent composer un jour ma grande famille ! d'un seul coup-d'œil j'aurois bientôt vu tout le mal que je dois éviter, et tout le bien que j'aurai toujours la volonté de faire.

ROCHESTER.

Et quel prince plus aimé que vous...

HENRI.

Tous ses marins, sous leur grossière franchise, cachent des cœurs si bons.... cette joie naïve et populaire.... me fait un plaisir.... ah! mon ami, qu'il est doux d'être aimé!

SCÈNE VIII.

LES PRÉCÉDENS, BETTY.

BETTY, *à un domestique.*

PRÉPAREZ la table dans cette chambre.

HENRI, *à Rochester.*

Oh! qu'elle est jolie cette petite!

GEORGINI, *bas à Rochester.*

Que dit-il donc?

ROCHESTER, *bas à Georgini.*

Il dit que votre belle est charmante.

HENRI, *à Betty.*

Ma belle enfant, ne pourroit-on vous dire un mot?

BETTY.

Volontiers, je ne refuse jamais de parler, je suis à vous tout à l'heure.

HENRI, *bas à Rochester.*

Amuse donc un peu ce maître à chanter, qui a l'air de si mauvaise humeur.

ROCHESTER, *bas à Georgini.*

Ah! j'ai quelque chose à vous dire. *(il l'emmène dans un coin.)* Le prince prétend que vous vous ennuyez, et il veut que je vous amuse.

GEORGINI.

Oui, afin de pouvoir plus librement causer avec Betty. (*il se rapproche de Betty.*)

ROCHESTER, *l'entraînant encore.*

Allons, ne faites donc pas l'enfant : comment, vous suivez mes leçons et vous manquez de complaisance ?

GEORGINI, *à part.*

J'enrage !

BETTY, *à Henri qui veut l'aider.*

Mais laissez donc, monsieur, c'est le signor Georgini qui doit m'aider à faire le thé.

ROCHESTER, *retenant encore Georgini.*

Non, il ne le peut pas. Je retiens le signor pour parler musique. (*bas.*) Il y a des choses qu'il ne faut pas voir dans le monde.

GEORGINI.

Vous êtes l'homme le plus cruel....

BETTY, *à Henri.*

Mais, monsieur, laissez donc ma main.

HENRI.

On n'est pas plus jolie !

BETTY.

Vous êtes bien poli.

HENRI.

Dites-moi, combien avez-vous d'amoureux?

BETTY.

Vous ne le croirez pas : eh bien ! en vérité, je n'en ai pas un.

HENRI.

Vous voulez rire, je vois bien que ce jeune Italien. . .

BETTY.

Lui ! ce n'est pas mon amoureux, c'est mon maître à chanter.

HENRI.

Et il ne vous dit pas qu'il vous aime ?

BETTY.

Jamais. Il me dit bien qu'il a du plaisir à me voir, qu'il n'est heureux qu'auprès de moi, que son cœur bat quand il m'entend chanter ; mais il est trop honnête pour me parler d'amour.

HENRI.

Cette naïveté m'enchante, et m'inspire un intérêt...

ROCHESTER, *riant.*

Ah! ah! ah! la plaisante figure!

BETTY, *se défendant.*

Mais, finissez donc, monsieur, je vais me fâcher tout de bon. Georgini, venez donc me défendre, Georgini!

(Il y a un jeu de théâtre, impatience de Georgini, Rochester qui rit, la petite qui crie et se défend.)

SCÈNE IX.

LES PRÉCÉDENS, COPP.

COPP.

Mais à qui diable en voulez-vous donc, frère?

BETTY, *montrant Henri.*

C'est ce méchant qui vouloit m'embrasser malgré moi.

COPP.

Sarpebleu! savez-vous bien, messieurs, que vous êtes chez le capitaine Copp, et qu'on n'embrasse pas sa nièce impunément?

HENRI, *confus.*

Je n'ai pas cru qu'en rendant hommage à sa beauté....

COPP.

Ah! rendre hommage, c'est bien. Je ne défends pas cela; mais, mille canons, celui qui oseroit....

GEORGINI.

N'est-il pas vrai, monsou, que vous ne voulez pas qu'on l'embrasse?

COPP.

A moins qu'elle n'y consente. Sans cela, mes chers messieurs.....

ROCHESTER.

Comment, papa Copp, vous allez vous fâcher pour une bagatelle.....

COPP.

Oh! non, je ne me fâche pas. Il faut bien pardonner quelque chose à la jeunesse; à votre âge, j'étois aussi un égrillard. Toi, ma Betty, sers-nous du punch ou du thé, et ne parlons plus de cela.

HENRI.

Je bois du punch, et vive la joie! Vous êtes un brave homme, M. Copp; touchez là: vous verrez que je suis digne de trinquer avec vous.

COPP.

Oh! je ne suis pas fier, moi, je trinque avec tout le monde, quand le vin est bon, s'entend.

HENRI.

A la santé de l'aimable Betty.

COPP.

Volontiers, à sa santé. Cette chère enfant! Si vous saviez combien je l'aime: ah! c'est que.... c'est assez: ne parlons pas d'elle, je ne veux pas m'attendrir.

BETTY.

Mon cher oncle!

ROCHESTER.

Oui, l'on voit que vous aimez beaucoup cette aimable enfant.....

COPP.

Elle seroit ma fille que je ne pourrois pas l'aimer davantage....

HENRI.

Je le crois, elle est vraiment ravissante (*se levant*), et mon admiration....

COPP, *l'arrêtant.*

Doucement, patron, admirez-la de loin. Allons, camarades, la petite chanson, j'aime à chanter quand je bois.

BETTY.

Mon oncle, est-ce que vous allez dire encore cette vilaine chanson ?

COPP.

Qu'est-ce que tu dis donc, ma vilaine chanson ! c'est celle que je chantois toujours quand j'étois corsaire : d'ailleurs je ne sais que celle-là.

BETTY.

Quoi ! vous....

COPP.

Tu ne le veux pas ; eh bien ! chante à ma place.

HENRI.

Oui, nous devons entendre l'aimable Betty.

GEORGINI.

Allons, mademoiselle, je vous ai apporté la dernière chanson de l'un de nos plus aimables poëtes, du comte Rochester !

COPP.

Du comte Rochester! que le diable l'emporte avec sa chanson ; nous aurions un mauvais sujet de moins.

HENRI, *riant.*

Ah ! ah! vous avez bien raison.

ROCHESTER.

Que vous a-t-il donc fait pour que vous lui en vouliez autant?

COPP.

Qu'est-ce que cela te fait ? pourquoi veux-tu que je dise mes secrets ?... Son nom seul me met en colère.

BETTY.

Mon oncle, vous m'aviez promis d'oublier cette famille.

ROCHESTER.

Mais quel rapport y a-t-il entre vous?

HENRI.

En effet, je veux savoir...

COPP.

Ah! tu veux savoir.... ah! ah! ah! tu m'as l'air d'un drôle de corps....

HENRI.

J'ai voulu dire que je m'intéressois....

COPP.

Ah! puisque le matelot Jacques nous fait l'honneur de s'intéresser à nous....

HENRI.

Vous ne m'entendez pas. Je n'aime pas plus Rochester que vous; d'abord, c'est un libertin fieffé....

COPP.

Il n'a non plus de sensibilité.

GEORGINI.

Il a bien de l'esprit au moins...

COPP.

Avec tout son esprit, j'en fais moins de cas que ma pipe. N'est-ce pas une honte?...

BETTY.

Mon oncle, vous allez encore parler beaucoup trop.

COPP.

Laisse, laisse moi, fille; va, tu n'as rien à craindre, ni moi non plus.

ROCHESTER.

Il est donc bien coupable?

COPP.

S'il est coupable ! n'est-ce pas une infamie à lui, de laisser sa propre nièce dans une taverne, quand elle devroit habiter un palais ?

GEORGINI, *vivement.*

Que dites-vous donc ?

HENRI, *à part.*

Quelle rencontre !

ROCHESTER.

Comment, Betty seroit ?...

GEORGINI.

Oh ! que je suis content.

COPP.

Eh bien ! qu'est-ce que cela te fait à toi ?

GEORGINI.

Oh ! c'est pour mademoiselle que je suis dans l'enchanetment.

COPP.

Oh ! oui, cela la mènera bien loin. Pauvre enfant ! si elle n'avoit que cet oncle-là pour lui donner une dot, elle risqueroit bien de rester fille toute sa vie.

ROCHESTER.

Mais, comment se fait-il ?...

COPP.

Eh ! parbleu, comme il se fait qu'on est parent. Mon frère Philippe Mowbrai, brave officier de l'armée royale, épousa une Rochester.

ROCHESTER, *à part.*

Philippe Mowbrai ! c'est en effet ce nom-là.

HENRI.

Et vous dites donc que votre frère...

COPP.

Ah ! quel brave homme ! il valoit mieux que moi, celui-là. ai été toujours un peu mauvais sujet, je n'ai jamais voulu rien pprendre; aussi on m'embarqua sur un vaisseau marchand. e devins pilote, et puis capitaine de corsaire. Après avoir arcouru les quatre parties du monde, je revins tout juste our voir mourir le pauvre Philippe. Je le vois encore avec on habit d'uniforme. Il me dit : « Frère ! je sens bien que je ne naviguerai pas long-temps ; tiens, voilà mon enfant et mon épée, les Rochester n'ont voulu ni de l'un ni de l'autre, prends-les tous deux, et ne les importune pas davantage. » C'est dit, frère, lui ai-je répondu ; je veux que le diable 'emporte, s'ils entendent jamais parler de nous ; touche-là, t meurs tranquille, ce qu'il fit, et bravement encore.

HENRI.

Eh bien ! camarade Trim, que dites-vous de cette histoire?

ROCHESTER.

Elle m'a touché vraiment.

COPP.

Belle merveille ! moi, je ne la raconte jamais sans pleurer,

HENRI.

Et vous prîtes avec vous l'aimable Betty?

BETTY.

Oui, monsieur, ce cher oncle a pris le plus grand soin de on enfance, et sa bonté touchante....

COPP.

Ah! il falloit voir comme elle étoit gentille. Elle n'avoit ie quatre ans, elle avoit l'air d'un petit chérubin. A présent, est une demoiselle !

GEORGINI.

Et vous lui avez donné la plus belle éducation?

COPP.

Ah çà! c'est vrai ; parce que je suis un ignorant, ce n'est s une raison pour que Betty Mowbrai soit une sotte.

ROCHESTER.

Vous avez donc renoncé pour elle à vos courses ?

COPP.

Quelle question ! est-ce que je pouvois avoir un enfan sur mon bord ? Je fis mieux, je vendis mon bâtiment, j'achetai cette maison, et pour ne pas quitter tout-à-fait la marine j'ouvris cette taverne, où je ne reçois que de bons enfans qu causent, boivent, et fument avec moi toute la journée.

HENRI.

Mais l'ambition auroit dû vous engager....

COPP.

Moi ! de l'ambition ! oh ! tu me connois bien ! Je suis pay pour n'avoir pas affaire aux lords. Je n'ai d'autre ambitior que de marier ma nièce à un bon marchand de la cité, et de lui donner une bonne dot de six mille livres sterling. Elle les aura, de par Saint Georges ! ou je ne m'appelle pas Copp Mowbrai.

ROCHESTER.

Soit ; mais avant, allez à la cour, parlez à Rochester...

GEORGINI.

Sans doute il procurera un établissement honorable à cette aimable miss.

BETTY, *piquée.*

Bien obligé, monsieur Georgini, on ne demande pas votre avis.

COPP.

Non, je ne veux pas entendre parler de cet homme-là.

HENRI.

Mais si vous ne voulez pas voir ce damné Rochester, voyez Henri, on dit que sa popularité....

COPP.

Oui, je sais bien qu'on dit les plus belles choses de lui ; mais moi, je dis comme le proverbe : Qui se ressemble s'assemble; et je gagerois ma tête qu'il ne vaut pas mieux que lui.

HENRI, *à part.*

C'est à mon tour.

ROCHESTER, *souriant.*

Il est vrai que c'est un homme très-adonné à ses plaisirs, qui court les aventures.

HENRI.

Ah! tu as beau dire, camarade, il y a une grande différence entre ces deux hommes, et sa nièce au moins....

COPP.

Oui, oui, il a du bon; et s'il vouliot n'être pas si fou, et laver de tems en tems la tête à son Rochester, on pourroit en faire quelque chose.

HENRI.

Ah! c'est ce qui pourra bien arriver un jour.

COPP.

Maintenant, camarades, il est tems de se retirer.

ROCHESTER.

C'est à quoi j'avois déja songé. (*bas à Edouard.*) Suivez-moi, j'ai quelque chose à vous dire. (*Il sort avec Edouard sans qu'on le voie.*)

COPP.

J'ai fait une petite note de votre dépense, et le tout, en conscience, vous coûtera dix-neuf guinées.

HENRI.

Dix-neuf guinées, c'est une bagatelle!

COPP, *étonné.*

Ah! vous appelez cela une bagatelle. L'argent ne vous coûte pas grand'chose, à ce qu'il me paroît. Dans vos dernières courses vous avez donc fait de bonnes prises, ou vous avez de bons appointemens?

HENRI, *riant.*

Oui... Hé ! Trim, paye le mémoire de ce brave homme, et partons. (*Il se détourne.*) Eh bien ! où est-il donc ?

BETTY.

Je viens de le voir sortir avec monsieur Georgini ; mais j'aperçois....

SCÈNE X.

LES PRÉCÉDENS, GEORGINI.

GEORGINI, *à part.*

IL m'a fait ma leçon, point de foiblesse.

HENRI, *à Georgini.*

Où donc est mon camarade ? et pourquoi n'est-il pas ici ?

GEORGINI.

Il est pressé, dit-il, de se retirer. Il a ajouté que vous étiez chargé de payer toute la dépense.

HENRI.

Le singulier personnage ! (*bas.*) Mes plaisanteries l'ont piqué ; me laisser seul ici ! Comment m'en retournerai-je ?

COPP, *à Henri.*

Frère, il est tard, et si vous vouliez finir notre petit compte....

HENRI, *cherchant de l'argent.*

Volontiers. C'est donc dix-neuf guinées que je dois vous payer ?

COPP.

Sans doute. Mais cela semble vous embarrasser un peu.

HENRI, *cherchant dans toutes ses poches.*

Voilà une chose bien singulière ! je suis certain pourtant que j'avois sur moi ma bourse.

GEORGINI, *à part.*

Il est ma foi dans un grand embarras.

COPP.

Est-ce que vous l'avez oubliée ?

HENRI, *se fouillant plus vivement.*

Non, non, je ne l'ai pas oubliée, je l'avois, j'en suis sûr; il faut que l'on me l'ait volée.

COPP.

Qu'appelez-vous ? apprenez, monsieur, que je ne reçois chez moi que d'honnêtes gens.

HENRI.

Eh bien! c'est un de ces honnêtes gens qui me l'aura prise. Peut-être bien celui qui m'a attendri sur ses malheurs.

COPP.

Vous me prenez pour un sot : je vous entends, votre compagnon disparoît, et vous, vous dites que l'on vous a volé.

HENRI, *à part.*

En effet, ce maudit Rochester qui s'en va... (*Haut.*) Si vous aviez la bonté d'attendre jusqu'à demain, je vous enverrai non-seulement dix-neuf guinées, mais le double de la somme....

COPP.

Que parlez-vous du double, monsieur : je suis un ihonnête homme, je ne veux que ce qui m'est dû; mais je veux; d'ailleurs, je ne vous connois pas, moi.

HENRI.

Je suis pourtant assez connu.

COPP.

De qui donc? J'ai demandé ce soir à tous nos patrons s'ils vous connoissoient; ils m'ont répondu que non.

HENRI.

Ah! c'est que je suis nouvellement entré dans la marine.

COPP.

Hum ! ça commence à me paroître un peu suspect. A quel bord appartenez-vous ?

HENRI.

Mais j'appartiens... (*à part.*) Que diable lui dirai-je ?

BETTY, *à Georgini.*

Comme il paroît embarrassé !

GEORGINI, *à part.*

On le seroit à moins.

COPP.

Vous ne savez donc pas le nom de votre vaisseau ? (*bas à Betty.*) C'est un fripon. (*à Henri.*) Eh bien ! mon cher ami, en attendant que vous vous le rappeliez, vous ne sortirez pas de chez moi.

HENRI.

Mais, monsieur Copp.

COPP.

Monsieur, monsieur tant qu'il vous plaira ; mais vous, vous ne sortirez pas sans me payer.

BETTY.

Mais, mon oncle, ne pourriez-vous pas lui faire crédit ? Je ne vous vis jamais si exigeant.

COPP.

Va, ma Betty, je sais bien ce que je fais ; ne vois-tu pas que j'ai affaire à un de ces égrefins qui battent le pavé de Londres, afin de trouver des dupes ?

HENRI, *à part.*

Il me traite très-agréablement.

COPP, *à Henri.*

Ah ! vous croyez qu'il suffira de venir dans une maison honnête, de vider les caves, de mettre tout en rumeur, et de s'en aller sans payer? Non, non, il me faut de l'argent. J'ai pour moi mon bon droit, et la justice du roi, qui protège le dernier citoyen comme le premier de sa cour. De l'argent, de l'argent, et Dieu sauve le roi et toute la famille royale!

HENRI, *à part.*

Il n'y a rien à dire à cela. Mais comment vais-je faire? quel bonheur! ma montre..... (*haut.*) M. Copp, à défaut d'argent, vous accepterez bien un gage : voici ma montre, on viendra la reprendre demain, en vous remettant les dix-neuf guinées.

COPP, *prenant la montre.*

Voyons si elle suffit.

HENRI, *étourdiment.*

Comment suffire! elle vaut soixante fois davantage.

BETTY.

Quels gros diamans! comme elle est brillante!

COPP, *bas à Betty et à Georgini.*

Beaucoup trop brillante! Quand je vous disois que c'étoit un fripon!

BETTY.

Je commence à le croire.

HENRI, *gaiement.*

Cela vaut bien vos dix-neuf guinées peut-être?

COPP.

Je n'en sais rien. Si ce sont de faux diamans, cela ne vaut pas assez; s'ils sont vrais, cela vaut trop. Il n'y a qu'un grand seigneur ou un fripon qui puisse posséder un tel bijou.

HENRI.

Je ne suis pas un grand seigneur, mais...

COPP.

Ah! mais moi, comme je suis un honnête homme, je

veux faire voir cette montre, et savoir de qui vous la tenez.

HENRI.

Mais, monsieur Copp, je puis vous assurer qu'elle m'appartient.

COPP.

On ne m'en fait point accroire; un matelot peut avoir beaucoup d'argent, et n'a point de ces bijoux-là, à moins qu'il ne les ait volés.

GEORGINI, *à part.*

Quelle situation !

HENRI.

S'il en est ainsi, rendez-moi ma montre, je ne souffrirai pas.....

COPP.

Ah ! vous ne souffrirez pas..... Vous le prenez avec moi sur un singulier ton....

HENRI.

Mais morbleu ! monsieur....

COPP.

Pas de bruit, mon jeune homme, ou je fais appeler mes garçons.

HENRI, *à part.*

Où me suis-je fourré ! Si l'on vient à découvrir....

COPP, *à Betty et à Georgini.*

Voyez, il ne sait plus où il en est. Suivez-moi vous autres.

HENRI.

Quel chien d'homme ! me voilà bien.

COPP, *de la porte.*

Dans un instant vous aurez de mes nouvelles; en attendant, mon cher monsieur, je vais vous mettre sous la clé.

(*Il l'enferme.*)

SCÈNE XI.

HENRI, *seul.*

On m'enferme! allons, me voilà prisonnier. Quelle étourderie! oh! maudit Rochester, tu me le payeras. C'est un tour qu'il me joue pour les plaisanteries que je lui ai faites, peut-être la honte de trouver ici sa nièce. Qu'il est sot! cette petite est charmante; Copp a de la probité, et vraiment ce sont de bonnes gens qui m'appellent coquin, et me retiennent en prison. — Mais si je me trompois sur le caractère de ce vieux corsaire, s'il m'avoit reconnu, et si c'étoit un ancien partisan.... la chose est possible. Dans ce tems de trouble et d'orage, j'ai tout à craindre. Seul, la nuit, sans armes, quelle imprudence! compromettre tout-à-la-fois ma personne, la tranquillité de mon père, et le sort d'un état! Maudite tête, qu'elle me fait faire de sottises! Je ptomets bien que plus sage à l'avenir... mais si ce Copp est pourtant un honnête homme, je pourrois lui confier qui je suis.... il peut ne pas vouloir me croire.... Oh! quel embarras! Un homme de ce caractère sait-il d'ailleurs garder un secret? Demain toute la taverne seroit instruite de ma folie: que penseroit la cour, le peuple? les chansons, les quolibets pleuveroient sur moi de tous côtés... et quelle seroit la colère du roi! Son héritier présomptif en gage pour dix-neuf guinées! — Il faut pourtant prendre un parti. Si mon embarras redouble, et si ma situation me force à me faire connoître, ce sera du moins le plus tard que je pourrai. Ah! pourtant on ouvre. Je saurai bientôt...

SCÈNE XII.

HENRI, BETTY, GEORGINI.

GEORGINI, *en dehors.*

Tenez-vous là mes amis, et si le coupable veut s'enfouir, vous ne manquerez pas de l'arrêter.

HENRI, *à part.*

On pose, ma foi, des sentinelles!

BETTY.

Je n'ose pas en approcher.

GEORGINI.

Ne craignez rien, mademoiselle, je souis là pour vous défendre.

HENRI.

Pourquoi donc tant d'apprêts? Vous me croyez donc toujours un homme suspect?

BETTY.

Suspect! ah! vous êtes bien modeste, fi! l'horreur! voler des bijoux de la couronne!

HENRI.

Comment! l'on sait déja?...

BETTY.

Oui, monsieur, l'on sait tout. Vous ne pouvez plus nier. Mon oncle est allé tout de suite chez notre voisin le jouailler de la cour; il a reconnu la montre, elle appartient au prince royal.

HENRI.

Ah! bon dieu! je vais être découvert.

BETTY.

Ah! vous vous avouez donc coupable?

GEORGINI.

On va bientôt venir, tout le quartier est en rumeur.

HENRI.

Oh! maudite aventure! quand le roi saura....

BETTY.

Oh! le roi, la reine, tout le monde va bientôt vous connoître. Mon oncle est allé chercher le *constable*.

HENRI, *à part.*

Où me cacher?

BETTY, *à Georgini.*

Voyez comme il est accablé !

HENRI, *vivement.*

Mes amis, ne pourriez-vous me sauver? je vous promets une récompense.... (*à part.*) N'ai-je donc rien pour les séduire ? Ah ! je ne croyois pas l'avoir, ma bague ! M. Georgini, prenez cela comme une preuve..... quoique de peu d'apparence, elle est d'un grand prix....

BETTY.

Ne prenez pas, c'est encore une bague volée.

GEORGINI, *prenant la bague.*

C'est à cause de cela, mademoiselle ; nous rendrons le tout ensemble.

HENRI.

Ah ! si vous saviez.... J'ai le plus grand intérêt à n'être pas arrêté.

BETTY.

Ah ! nous les avons bien. Mon dieu ! que c'est donc malheureux pour une famille d'avoir comme cela de méchans garnemens : qui sait ? cela appartient peut-être à des gens comme il faut ?

HENRI.

De grâce, consentez à me faire évader : ma chère Betty,

BETTY.

Ne m'approchez pas, vous me faites peur !

HENRI, *dans la plus grande agitation.*

Ne craignez rien, je suis un honnête homme : oui, Betty, si vous voulez me sauver, je vous promets une place à la cour auprès de la princesse royale, une riche dot, et votre oncle Rochester.....

BETTY.

Ah ! le pauvre homme ! il a perdu la tête, il me fait maintenant pitié.

GEORGINI, *à part.*

Sa situation m'inquiète, il est dans un trouble.....

HENRI, *à part, en parcourant le théâtre.*

Je crains à chaque instant qu'on arrive.... (*haut.*) Mes amis!...

GEORGINI, *bas à Betty.*

Betty, est-ce que vous voudriez vous reprocher la perte de ce malheureux?...

BETTY.

Comment! est-ce que... eh bien! Georgini, donnons-lui les moyens de s'évader....

HENRI.

De m'évader! ô l'aimable enfant! dans ma joie, il faut que je l'embrasse.

BETTY, *se reculant.*

Ce n'est pas la peine.

GEORGINI, *à part.*

C'est contre mes ordres, il n'importe. (*haut.*) Mais par où passera-t-il? la porte est gardée.

HENRI, *allant à la croisée.*

Eh! mais par la fenêtre, si vous voulez m'aider.

GEORGINI, *vivement.*

Non, non, je crains que vous ne vous blessiez.

HENRI, *étonné.*

Vous êtes trop bon, mon ami.

BETTY.

Elle n'est pas haute; elle donne dans une ruelle qui conduit sur les bords de la Tamise.

HENRI, *ouvrant la croisée.*

Oh! ce n'est rien, avec ma ceinture, je vais être à terre dans un instant.

BETTY.

Vous voyez ce que je fais pour vous; mais écoutez avant de partir un petit avertissement.

HENRI, *attachant vivement sa ceinture.*

Je vous écoute.

BETTY.

Si je veux bien vous sauver, c'est à condition que vous me promettez de changer de conduite.

HENRI.

Oui, oui, je vous le promets. (*à part.*) Je ne puis m'empêcher de rire.

BETTY.

Devenez un homme de bien, si c'est possible. Ne volez plus, parce qu'il vous en arriveroit malheur.

HENRI.

Oui, oui, voilà une bonne leçon, je serai plus sage.

(*Il passe en dehors de la croisée.*)

GEORGINI.

On vient, je crois, j'entends la garde.

SCENE XIII.

GEORGINI, BETTY.

GEORGINI, *le regardant descendre.*

(*A part.*) Me voilà sans inquiétude, il a touché la terre.

HENRI, *en dehors.*

Je me souviendrai de vous; adieu, mes bons amis.

BETTY.

Oui, que va dire mon oncle? comment nous excuser?

GEORGINI.

Laissez-moi faire, je saurai vous tirer d'embarras.

BETTY.

Oui; mais si vous me faites mentir, ce sera votre faute, je vous en avertis.

GEORGINI.

On vient. Songez, Betty, à m'imiter, et sur-tout dites comme moi.

BETTY.

Eh bien ! oui, je dirai comme vous.

SCENE XIV.

LES PRÉCÉDENS, COPP.

GEORGINI, *à la croisée.*

Au voleur ! au voleur ! arrêtez le voleur. (*bas à Betty.*) Criez donc avec moi.

BETTY, *d'une voix foible.*

Au voleur ! arrêtez le voleur !

COPP.

Eh bien ! qu'y a-t-il donc ?

GEORGINI.

C'est ce fripon qui s'enfuit par la fenêtre.

COPP.

Tête bleu ! comment, imbécille, tu n'as pu l'arrêter ?

GEORGINI.

Perché, il a tiré des pistolets.

BETTY.

Oh ! mon dieu ! oui, des pistolets.

GEORGINI.

Il a dit qu'il tueroit mademoiselle.

BETTY.

Oui, il a dit qu'il tueroit mademoiselle.

COPP.

Que je suis un grand sot de vous avoir confié cet homme !

Mais je cours à l'instant mettre le constable à sa poursuite.
On peut peut-être encore le rattraper. (*Il sort.*)

BETTY, *en sortant.*

Oui, mon oncle, nous le rattraperons.

GEORGINI.

Je n'en crois rien. Bon ! tout a réussi au gré de mes desirs.
Courons vîte au palais où mon devoir m'appelle.

FIN DU SECOND ACTE.

ACTE III.

SCENE PREMIERE.

EDOUARD, *seul, vêtu en page.*

HENRI devroit être arrivé. Sans doute il ne va pas tarder. On ne peut rien me reprocher; c'est aujourd'hui mon jour de service, et je suis à mon poste. Henri m'inquiète malgré moi. Je crains qu'égaré dans cette ville immense..... mais..... j'entends du bruit dans la petite galerie, c'est lui sans doute; arrangeons-nous sur le fauteuil, et feignons de dormir, il croira que j'attends son lever.

SCENE II.

EDOUARD, HENRI.

HENRI, *dans le plus grand désordre.*

MAUDITE ville, comme elle est grande!

EDOUARD, *à part.*

Sur-tout pour les gens de pied.

HENRI.

J'ai cru que je ne trouverois jamais mon palais. Pour comble de malheur, pas un schelling, impossible de prendre une voiture.

EDOUARD, *à part.*

Comme le voilà fait! je ne puis m'empêcher de rire.

HENRI, *s'asseyant.*

Je me souviendrai de cette nuit. Forcé de fuir comme un voleur! et dans les rues, nouvel embarras. J'avois beau demander à nos *Vacheman* : « Monsieur, par où se rend-on au palais du roi ?... » L'imbécille, qui est Anglais, et qui ne connoît pas le palais ! Allons, allons, passe ton chemin.

EDOUARD, *à part.*

Ils ont traité son altesse comme tout le monde.

HENRI.

Mais quels pouvoient être ces deux hommes enveloppés dans leurs manteaux, et que je trouvois à chaque instant sur mes traces ?

EDOUARD, *à part.*

Je crois les connoître.

HENRI.

Ils m'ont donné quelque inquiétude. J'ai cru long-temps que ces gentlemann alloient à quelque coin de rue me prier poliment de leur donner ma bourse. J'aurois bien ri de l'aventure; ils auroient été plus attrapés que moi. Enfin me voilà au port. Grâce à ma petite galerie, et à ma porte secrète, je n'ai été vu que de mon homme de confiance.

EDOUARD, *à part.*

Et du plus discret des pages.

HENRI.

Il est déja très-tard, rentrons dans mon appartement. Je crains que la princesse, inquiète de ma santé, n'envoie.... (*il va pour rentrer dans son appartement.*) Peste soit du page ! il attend mon lever. C'est Édouard ! plus je le regarde, plus je lui trouve de ressemblance avec le jeune Italien.

EDOUARD, *à part.*

Ma figure lui fait toujours faire des réflexions.

HENRI.

Ce diable de page me barre la porte de ma chambre; comment vais-je faire pour n'être pas vu ? ah ! bon dieu, milady Clara ! je suis perdu !

SCÈNE III.

LES PRÉCÉDENS, LADY CLARA.

LADY CLARA, *allant à Edouard.*

QUE faites-vous donc, Edouard? vous dormez à cette heure?

EDOUARD.

Pardonnez, milady, j'attendois le lever de son altesse.

LADY CLARA.

Vous viendrez avertir la princesse aussitôt que son altesse sera visible. Mais, me trompé-je! (*elle apperçoit Henri.*)

HENRI, *à part.*

Elle m'a vu, comment me tirer de là?

LADY CLARA.

Qu'est-il donc arrivé? votre altesse en cet équipage...... Oserois-je demander?...

HENRI.

C'est que, milady.... (*à part.*) Je veux mourir, si je sais que répondre.

LADY CLARA.

J'en demande pardon à votre altesse, mais je ne puis m'empêcher de rire en la voyant ainsi vêtue...

HENRI.

Comment, vous ne trouvez pas cet habit-là galant?... Je m'habille pourtant ainsi tous les matins. J'ai pris le goût du jardinage; dès le point du jour je suis sur ma terrasse à planter, déraciner.... et vous entendez bien que pour une pareille occupation....

LADY CLARA.

Ah! mon prince, vous avez bien raison; qu'il est heureux pour nous, pour le peuple que vous devez gouverner un jour, que vous ayiez des goûts aussi purs, aussi simples!

HENRI, *à part.*

Peste soit des réflexions morales! elles arrivent bien à propos. (*haut.*) Mais vous, milady, qu'est-ce qui me procure le plaisir de vous voir si matin ?

LADY CLARA.

La princesse sachant que vous aviez passé la nuit dans des travaux utiles à votre gloire, desiroit savoir de vos nouvelles.

HENRI.

Elle est cent fois trop bonne.

LADY CLARA.

Je partage bien vivement son inquiétude. Vraiment vous ne vous ménagez pas assez : vous devez votre temps à l'état, mais vous ne devez pas lui sacrifier des nuits.

HENRI.

Il est vrai que j'ai passé une nuit diabolique. Vous n'avez plus rien à me dire ?

LADY CLARA.

Oserois-je prier votre altesse de m'accorder une faveur ? Un écrivain célèbre, auquel je m'intéresse beaucoup, est coupable envers un homme puissant qui vous touche de près; on le poursuit vivement.

HENRI.

C'est un sot! que n'écrivoit-il contre moi, on le laisseroit tranquille.

LADY CLARA, *lui présentant un papier.*

Sa grâce dépend de votre altesse; daignera-t-elle la signer?

HENRI, *à part.*

Il me conviendroit mal d'être sévère. (*haut.*) Donnez, je ne puis rien vous refuser. (*il signe*) (*à part.*) Moi-même j'ai besoin d'indulgence. (*haut.*) Maintenant, milady, je puis prendre congé de vous ! (*à part.*) Je m'en suis tiré assez adroitement, elle ne sait rien. (*il sort.*)

SCÈNE IV.

LADY CLARA, EDOUARD.

LADY CLARA, *à part.*

Il croit m'avoir trompée. (*haut.*) Edouard, un homme du peuple et une jeune fille desirent parler au prince: vous leur permettrez d'attendre dans cet appartement, je me charge de les présenter. (*Elle sort.*)

SCÈNE V.

EDOUARD, *seul.*

Ne seroit-ce point Copp ? je sais qu'il devoit venir ce matin apporter la montre ; mais pourquoi sa nièce ? Oh ! je le reconnois bien là, il aura voulu lui faire voir le palais. Je me trompe fort, ou milady Clara est du complot. Cette bague du prince, comment la rendre ? il faut absolument que je parle au comte Rochester. Rappellons-nous bien ses avis, sachons tous les secrets, et taisons-nous. Mais qu'aura pensé Copp en me voyant disparoître presque aussitôt que le prétendu voleur ? Betty n'aura pu lui cacher la vérité, il sait sans doute que j'ai reçu cette bague ; mais si elle alloit avoir des soupçons sur moi? Oh! non, je connois trop ma Betty. Quelle charmante fille ! Oh ! maintenant je suis presque certain de me marier.

SCÈNE VI.

EDOUARD, COPP, BETTY.

BETTY.

Oh ! mon oncle, les beaux appartemens !

COPP.

Oh ! oui, c'est bien plus beau que chez nous.

EDOUARD, *à part.*

J'avois deviné juste.

COPP.

Voilà un monsieur page, qui va nous dire peut-être.....

EDOUARD, *à part.*

Gardons bien mon sérieux. (*haut.*) Vous venez pour parler à son altesse.

BETTY.

Oui, monsieur, nous venons... (*à part.*) Oh! mon oncle, quels traits! malgré moi le cœur me bat....

COPP, *la soutenant.*

Eh bien! qu'as-tu donc?

EDOUARD.

Qu'avez-vous donc, mademoiselle? je suis inquiet....

BETTY, *à part.*

Oh! ce n'est rien, monsieur; mais, mon oncle, voyez comme il lui ressemble.

COPP, *le regardant.*

C'est vrai, au moins, qu'il lui ressemble beaucoup; mais comme ce ne peut pas être lui...

BETTY.

J'aime pourtant mieux la figure de Georgini.

COPP.

Ne me parle plus de ton Georgini; ne m'as-tu pas dit qu'il avoit reçu une bague de notre coquin? et disparoître!...

EDOUARD.

Mais contre qui donc en avez-vous?

COPP.

Je parle d'un petit freluquet d'Italien...

BETTY, *vivement.*

Qui vous ressemble beaucoup.

EDOUARD, *souriant.*

Bien obligé, mademoiselle.

BETTY, *honteuse.*

Ce n'est pas cela, monsieur, que je voulois dire ; je ne parlois que de la figure.

COPP.

Qu'il revienne à la maison avec sa petite mine, et ses chansons... Je le ferai chanter, moi !

EDOUARD.

Mais, qu'a-t-il donc fait ?

COPP.

Un petit drôle qui disparoît avec un diamant volé ! on le verra maintenant, dieu sait quand.

BETTY.

Vous me faites sentir une peine !.... Comment osez-vous soupçonner ce bon Georgini, le plus doux, le plus aimable, le plus honnête de tous les hommes ?.. J'en pleure de dépit.

EDOUARD, *à part.*

Oh ! ma chère Betty !

COPP.

Oh ! c'est que je n'entends pas raillerie, moi, sur l'article de la probité. Ces bijoux-là ne seroient pas restés une nuit dans la maison. Le capitaine Copp est connu : pour ce qui est de l'honneur et du courage... mille cinq cents cargaisons...

EDOUARD.

Ne jurez donc pas comme cela dans le palais du roi.

COPP.

C'est juste, je ne jurerai pas. Mais, dites-moi, le prince va-t-il bientôt venir ? c'est que je n'ai pas de temps à perdre, moi.

EDOUARD.

Je crois l'entendre. Passez dans cet appartement ; comme c'est milady Clara qui doit vous présenter....

COPP.

Ah ! oui, cette dame qui nous a fait entrer tout de suite, elle a l'air d'une fine mouche, Ah çà ! mais ne me faites pas trop attendre, au moins... Ce n'est pas pour moi que je viens; si le prince ne se laissoit pas voler, je ne serois pas obligé de lui rapporter ses joyaux.

BETTY.

Mon oncle, venez donc, on nous avertira...

COPP.

A la bonne heure; mais si l'on me rattrape jamais à la cour, je veux bien que le diable... Ah ! il ne faut pas jurer dans le palais du roi.

SCÈNE VII.

EDOUARD, *seul.*

Voila une visite qui ne fera pas grand plaisir à Henri; il aimeroit mieux perdre mille fois sa montre... mais chut ! Souvenons-nous que je dois tout ignorer.

SCÈNE VIII.

HENRI, EDOUARD.

HENRI, *en habit de cour.*

Edouard, Rochester a-t-il paru?

EDOUARD.

Non, votre altesse, pas encore.

HENRI, *à part.*

Comme je vais le traiter ce Rochester ! il avoit quelque motif secret, bientôt je saurai tout. Ton esprit ne t'excusera pas, traître ! et je jure que tu me paieras le tour cruel que tu m'as joué.

EDOUARD.

Son altesse demandoit monsieur le comte, il arrive avec milady.

HENRI.

Milady est de trop ; je ne pourrois point m'expliquer devant elle. N'importe, il ne m'échappera pas.

SCENE IX.

LES PRÉCÉDENS, ROCHESTER, MILADY CLARA.

ROCHESTER.

OSEROIS-JE demander à son altesse si elle a bien passé la nuit?

HENRI.

Parfaitement, mon cher comte! (*bas.*) Te voilà donc, traître !

LADY CLARA, *en souriant.*

Je croyois que milord Rochester avoit aidé le prince dans ses grands travaux.

ROCHESTER.

Non, milady, il est arrivé un événement qui m'a forcé de quitter....

HENRI, *avec une colère concentrée.*

Oui, monsieur le comte m'a laissé tout le fardeau des affaires.

ROCHESTER.

Je ne doute pas que son altesse ne s'en soit très-bien tirée.

HENRI.

(*Apart.*) Il raille encore, le perfide ! (*haut.*) Comte, vous vous rendrez dans mon appartement à deux heures, j'ai à vous parler.

ROCHESTER.

Daignez m'en dipenser ; je quitte Londres dans quelques instans.

HENRI.

Pour vous rendre ?....

ROCHESTER.

Dans mes terres ; je vous le disois hier, je suis un grand coupable, il est temps que je m'exile de la cour, et que je me fasse hermite.

HENRI, *avec humeur.*

J'approuve ce projet ; mais c'est moi qui veux vous choisir votre hermitage.

ROCHESTER, *bas à milady.*

Le prince est furieux contre moi.

COPP, *criant en dehors.*

Eh bien ! me fera-t-on attendre toute la journée ?

HENRI, *étonné.*

Quel bruit ! qui donc est là ?

LADY CLARA.

Ah ! je le sais ! ce sont deux personnes que j'ai rencontrées dans les grands appartemens, elles desirent parler au prince ; et je sais qu'il est tellement accessible pour le peuple, que j'ai cru devoir promettre à ces bonnes gens de vous les présenter.

HENRI.

Mais, milady, dans ce moment cela m'est impossible.

LADY CLARA.

J'en suis fâchée, sur-tout pour la jeune fille.

HENRI, *vivement.*

Il y a une jeune fille ?

LADY CLARA.

Jolie comme un ange.

HENRI.

Puisque vous le voulez absolument, milady... (*à Edouard.*) Faites entrer.

SCÈNE X.

LES PRÉCÉDENS, COPP, BETTY.

EDOUARD, *à Copp.*

VENEZ, le prince consent à vous entendre.

COPP.

Eh bien ! maintenant, voilà que je n'ai plus de hardiesse.

BETTY.

Mais, mon oncle, qu'avez-vous à craindre ?

COPP.

Je n'ose pas les regarder.

HENRI, *à part.*

Que vois-je ! c'est Copp et sa nièce, me voilà bien.

COPP, *à Betty.*

Il faut pourtant que je commence mon discours ; j'avois arrangé tout cela dans ma tête, et voilà à présent que je ne sais plus que dire.

HENRI.

(*A part.*) Je vais jouer un joli personnage ! (*A Rochester.*) Nous nous expliquerons ailleurs ; en attendant, le plus grand silence sur ce que vous voyez.

BETTY, *à Copp.*

Allons, mon oncle, du courage.

COPP, *à Betty.*

Tu as raison.

LADY CLARA.

Eh bien ! brave homme, qu'avez-vous à dire ?

HENRI, *à part.*

J'espère qu'il ne me reconnoîtra pas.

ROCHESTER, *bas à milady.*

Avouez que ma nièce est jolie.

COPP, *après s'être encouragé.*

Eh bien! je vous disois donc... (*à Betty.*) Eh bien! qu'est-ce que je disois donc?

BETTY.

Rapportez tout simplement ce qui s'est passé.

COPP.

Tu as raison, ma petite.

LADY CLARA, *à Copp.*

Comment vous appelle-t-on, mon bon ami?

HENRI, *à part.*

Je sais son nom aussi bien que lui.

COPP.

On m'appelle le capitaine Copp, pour vous servir; et voilà Betty, ma nièce, qui sans vanité en vaut bien une autre, et certainement s'il y avoit de la justice dans le monde, elle viendroit ici aussi bien que certaine grande dame; parce que vous entendez bien....

BETTY.

Mais, mon oncle, ce n'est pas de cela dont il est question; allez donc au fait!

COPP.

C'est sûr, il faut aller au fait. D'abord, vous saurez, milord... quand je dis milord, c'est-à-dire votre altesse...

HENRI, *à part.*

Il ne s'en tirera jamais.

COPP.

Enfin suffit; vous saurez, primo, que je tiens la taverne du *Grand-Amiral*, où, sans me vanter, je ne reçois que bonne compagnie, excepté quand il m'arrive quelques fripons. Hier au soir il m'en est venu deux; ah! les coquins! si je les rattrape jamais !... Après avoir fait une grande dépense dans ma maison, ils m'ont demandé à trinquer avec moi; j'y ai consenti, parce que je suis bon homme. Pourtant, à leur mine, j'aurois dû voir qu'ils vouloient me jouer quelque tour; l'un d'eux sur-tout avoit un air sournois... Il semble que je le vois encore, un homme de trente ans. (*regardant Rochester.*) A peu près de votre taille, il avoit une figure.... (*il s'arrête tout-à-coup avec le plus grand étonnement.*) Ah! mon dieu! Betty, vois donc, je veux que le diable m'emporte si ce seigneur là n'est pas mon fripon.

BETTY, *effrayée.*

Mais, mon oncle, que dites-vous? taisez-vous donc!

HENRI, *à part.*

La figure de Rochester l'embarrasse.

ROCHESTER.

Eh bien! vous dites donc, capitaine Copp?....

COPP.

Ah! ma foi, je ne dis plus rien; car plus je le regarde.... (*à Betty.*) C'est mon coquin!

BETTY, *à Copp.*

De grâce! Je parlerai pour vous. (*Betty prend sa plac*
Mon oncle a cru de son devoir de prévenir son altesse que deux inconnus se sont introduits chez lui; qu'après y avoir fait une grosse dépense, qu'ils étoient hors d'état de payer, ils se sont évadés en laissant en dépôt un bijou du plus grand prix, qui se trouve appartenir à la couronne.

COPP, *caressant Betty.*

Hein! comme ça parle! que tu es gentille, ma petite mignone!

BETTY.

Mon oncle est trop honnête homme pour ne pas s'empresser de rapporter à son altesse la montre qui lui appartient.

COPP, *tirant la montre.*

Ah ! mon dieu ! oui, la voici. Les coquins m'ont emporté dix-neuf guinées ; si je dis cela, ce n'est pas à cause .... parce que, grâce au ciel, je suis bien en état de les perdre, au moins. Mais, enfin, voici la montre.

HENRI.

Voyons si elle m'appartient.

COPP, *traversant le théâtre pour remettre la montre.*

Votre joaillier qui s'y connoît, dit qu'elle appartient à votre altesse. Je la rends ; la voilà.

(*Au moment où il remet la montre, il s'arrête tout-à-coup, se trouble, et revient à sa place dans la plus grande émotion.*)

Eh bien ! est-ce que j'ai la berlue ? Ah ! c'est lui, c'est lui !...

BETTY.

Mais qu'avez-vous donc ? d'où vient ce trouble ?

COPP, *à Betty.*

Dis encore que je suis un fou, j'y mettrois ma main au feu, son altesse est l'autre !

HENRI, *après avoir regardé la montre.*

C'est vrai, cette montre est à moi.

LADY CLARA.

Comment ?

HENRI.

Je l'aurai perdue, on me l'aura volée.

BETTY, *qui les a examinés.*

En effet, ils me rappellent des traits ..... mais il est impossible......

COPP.

Nous avons fait là de belle besogne ! Voilà que je me rappelle qu'ils ont dit que le prince se déguisoit pour courir les aventures.

BETTY.

Ah! mon dieu, qu'allons-nous devenir?

HENRI, *à part.*

Je ne puis m'empêcher de rire de leur embarras.

COPP, *à Betty.*

Laisse-moi faire, je m'en vais raccommoder tout cela; (*haut.*) Le prince ne m'en voudra pas, si je lui dis que ma nièce est une petite sotte; car les deux inconnus qu'elle appelle des fripons, sont peut-être de très-honnêtes gens; la preuve, c'est qu'ils avoient des figures très.... très-agréables. Et puis, le soir, vous entendez bien qu'on peut se tromper... d'ailleurs, moi, si j'avois su certainement.... votre altesse doit me connoître assez.... pour que je.... parce que.... (*se retournant vers Betty.*) N'est-ce pas que je m'en suis bien tiré?

LADY CLARA.

Je suis de votre avis, ce sont tout au plus des étourdis.

HENRI.

Ce sont de très-mauvais sujets, madame; l'un est déja puni, l'autre le sera bientôt. Capitaine Copp, je suis instruit de tout ce qui s'est passé chez vous. N'a-t-il pas été question d'un certain Rochester?

COPP, *à part.*

Ahi! (*haut.*) Je n'en ai pas dit trop de bien.

ROCHESTER.

Est-ce que vous le connoissez assez pour en parler?

COPP.

Oh! quand je dis que je le connois, c'est-à-dire, qu'on le connoît; tout le monde en dit du mal, c'est vrai; mais il y a peut-être quelques personnes qui se trompent.

HENRI.

Non, non, on ne se trompe pas: n'avez-vous pas dit aussi que cette aimable enfant étoit sa nièce?

COPP.

Ah! là-dessus, je ne me dédis pas, preuve en main, quand on voudra. (*à Betty.*) Faites donc la révérence, petite fille, il est question de vous.

HENRI.

Eh bien! le comte Rochester se chargera de pourvoir à son établissement, et de la marier d'une manière convenable.

ROCHESTER.

Je puis assurer votre altesse qu'elle prévient ses desirs.

COPP.

Nenni, nenni, je ne donne pas comme ça ma Betty. Laissez-donc!

ROCHESTER.

Mais au moins vous songerez à un établissement digne du nom.....

BETTY.

Milord, ce sont mes affaires.

HENRI.

Je sais de plus qu'un certain maître italien a captivé le cœur de la jeune Betty; mais je m'oppose à ce mariage: ce jeune homme a reçu une bague, que, comme le capitaine, il n'a pas eu la délicatesse de rapporter.

COPP, *à Betty.*

Quand je te disois que c'étoit un mauvais sujet.

BETTY.

Moi, je suis certaine qu'il la rapportera.

EDOUARD, *s'avançant.*

Je n'attendois que le moment de la remettre à votre altesse.

HENRI.

Comment!.... c'est Edouard! ah! je ne m'étonne plus de la ressemblance.

COPP.

Quoi ! c'est ce petit perché. (*riant du gros rire.*) Oh ! oh ! oh ! il y a de la magie dans tout cela.

BETTY.

Oh ! mon dieu ! voilà.... c'est... ah !

HENRI.

C'est en vain, milady, que je voudrois vous cacher quelque chose ; vous voyez les héros de l'aventure.

LADY CLARA.

Oh ! je les connoissois depuis long-tems, j'étois de la conjuration.

HENRI.

Comment !

LADY CLARA.

Ainsi que la princesse votre épouse. Si le comte est coupable, c'est nous seules qu'il faut punir.

ROCHESTER.

Oui, je me suis sacrifié.

HENRI, *sévèrement.*

Tant pis pour vous. C'est être trop hardi ; m'avoir fait passer les deux plus cruelles heures ! ....

ROCHESTER.

Je conviens de mes torts.

HENRI.

M'avoir exposé la nuit dans les rues de Londres !

ROCHESTER.

Et les deux hommes à manteau !

HENRI.

Eh bien ! quels étoient ? ...

ROCHESTER.

Moi, et votre valet de chambre.

HENRI.

N'importe! jamais vous n'obtiendrez votre pardon.

ROCHESTER, *lui présentant un papier.*

Le voilà signé de votre main.

HENRI.

Ah! je devine; c'est vous, milady, qui tantôt..... (*souriant à Rochester.*) Ah! Rochester!....

ROCHESTER.

Si quelque chose pouvoit me consoler de perdre les bonnes grâces de mon prince, ce seroit l'espoir de posséder milady, et le plaisir de retrouver une nièce charmante.

COPP.

Comment! une nièce! ce seroit vous qui....

BETTY.

Quoi! monsieur, vous seriez....

ROCHESTER.

Ce mauvais sujet de Rochester. Venez, ma belle enfant, je veux.....

COPP, *arrêtant Betty.*

Doucement, doucement, je baise bien les mains de votre grandeur; mais je suis aussi son oncle, je l'ai élevée, je la garde.

HENRI.

Il a raison, lui seul en doit disposer; mais j'espère qu'il ne la refusera pas à mon page, à qui je donne une lieutenance dans mon régiment.

EDOUARD.

Ah! tant de bonté.....

COPP.

Ah! c'est différent, je n'ai rien à vous refuser.

HENRI.

Capitaine, je n'ai point oublié que je suis votre débiteur. Acceptez cette montre, c'est une récompense que je dois à votre franche probité. Cet anneau, je le réserve pour l'aimable Betty. Je te pardonne, Rochester; mais je vous demande à tous le plus graud secret sur ce qui s'est passé. Cette étourderie m'a causé trop de tourment et trop d'inquiétude, pour qu'elle ne soit pas la dernière.

FIN.

De l'Imprimerie de MIGNERET, rue du Dragon, N°. 20.

www.ingramcontent.com/pod-product-compliance
Ingram Content Group UK Ltd.
Pitfield, Milton Keynes, MK11 3LW, UK
UKHW012100240726
13965UKWH00004B/1438